FATOR X

FATOR X

PAULO BEARZOTI FILHO

fotografias de
Gregório Bruning

KOTTER
EDITORIAL

Coordenação editorial: Sálvio Nienkötter
Editor-adjunto: Raul K. Souza
Fotografias: Gregório Bruning
Projeto gráfico e editoração: Bárbara Tanaka
Produção: Cristiane Nienkötter e Maria Luiza Carvalho

Dados Internacionais de Catalogação na Publicação (CIP). Andreia de Almeida CRB-8/7889

Bearzoti Filho, Paulo
Fator X / Paulo Bearzoti Filho. -- Curitiba : Kotter Editorial, 2019.
124 p.

ISBN 978-65-80103-05-8

1. Poesia brasileira I. Título

CDD B869.1

19-0280

Texto adequado às novas regras do acordo ortográfico de 1990, em vigor no Brasil desde 2009.

Kotter Editorial
Rua das Cerejeiras, 194
82700-510 | Curitiba/PR
+55 41 3585-5161
www.kotter.com.br | contato@kotter.com.br

Feito o depósito legal
1ª edição
2019

SUMÁRIO

O que a exigência do reconhecimento de igualdade implica é que, ao removermos todas as características contingentes e acidentais de uma pessoa, resta no fundo uma qualidade essencialmente humana que é digna de um certo nível mínimo de respeito: chame-o de Fator X. Pele, cor, aparência, classe social e riqueza, sexo, antecedentes culturais e até os talentos naturais de uma pessoa são todos acidentes de nascimento relegados à classe das características não essenciais. (...) Mas no reino político somos solicitados a respeitar as pessoas igualmente com base em sua posse do Fator X.

Francis Fukuyama, *Nosso Futuro Pós-Humano*

É fácil zombar da ideia do "fim da história" de Francis Fukuyama, mas hoje a maioria é fukuyamista: o capitalismo liberal-democrático é aceito como a fórmula finalmente encontrada da melhor sociedade possível, e tudo o que se pode fazer é torná-la mais justa, tolerante, etc.

Slavoj Žižek, *Missão impossível*

PRIMEIRO MOVIMENTO: VIVO E FORTE

ADVERTÊNCIA

O senhor se declara culpado
De tentar adiantar os relógios
E evitar o local de trabalho

O senhor se imagina pedinte
Esgrimido entre becos e praças
Sem emprego dinheiro ou romance

A mulher é a primeira que some
Em seguida vão todos os filhos
E a bebida liquida o que resta

Pra ser livre não basta o desejo
Não se lance tão perto da fome
Não se creia tão longe do abismo

SOREX E MINUSTAH

Eu amo SOREX
seus cabelos longos de mulher vermelha,
seu sorriso ardente, sua pele honesta,
suas superquadras verdes de cimento e lua.

Eu amo SOREX.

Por cima das conjecturas e conveniências,
por cima das burocracias
e nomenklaturas,
dos papéis timbrados e dos ministérios,
do velado apoio ao capital de usura,
eu amo SOREX.

Eu amo SOREX
tal como vivo em meio às balas
e os estilhaços vindos
de Hanói, Angola, Stalingrado e Cuba.

Eu amo SOREX
como Ievtuchenko dividido conta
sobre o velho bolchevique,
torturado e preso sob Stálin,
que ao voltar do algoz marcava
em sangue em sua cela
— "Viva Stálin!" —
que não seria aquele o fim da história
que desde Outubro se fizera,
e como Lênin, numa estrela
armado de martelo e foice,

nos traria, como sempre trouxe,
alegria e guerra, encouraçado e tifo.

Eu amo SOREX
como os marinheiros que nos instruíram
quando se insurgiram em Kronstad.

Eu amo SOREX
como os delegados que estiveram
no primeiro prélio da Internacional.

Eu amo SOREX
tal como o vejo
no arquiteto rubro
que o amplo espaço
ergueu de um sonho
que revela a todos
o sentido oculto
que a existência perde
quando imersa em lodo.
Niemeyer: à vista enfim
o que seria a vida,
se o sistema podre
se finasse um dia.

Eu amo SOREX
se o capital contemplo
com seus mil tentáculos,
se os olhos vejo
que Rosana exibe
quando conta histórias
de miséria e luto
de uma infância infame
de catar chorume.

Eu amo SOREX
quando Laudelino, Luciana e Vítor,
Tânia, Brandão, Waldir,
Rosandre, Lúcia, Malriza,
Wanderley, Francisco, Leila,
Bibiane, Neusa, Rosiane,
Elaine, Milton, Damaris,
Eudes, Jedalia, Aparecido,
Monique, Franciele,
Vagner, Genelice.

Eu amo SOREX
se aprendo que em setenta e três não vi os
soviéticos recusarem-se a jogar no Estádio Nacional
(e soube apenas que o Chile foi pra Copa da Alemanha
empatar de zero a zero com a Austrália).

Sim, eu sei que enquanto isto,
sob escolta da Tcheka,
Dzerjinski mira
Makarenko, e o tempo
se contrai no escuro e
lento declinar de um sonho.
Mas mesmo assim — repito —
mesmo assim eu sinto
que por sobre tudo
que há de vil e mudo
nesta história toda,
um grito apenas
que calar não posso
os ecos pede
sem qualquer atraso,
um grito louco

que resiste ao logro:
eu amo SOREX.

Viva o metrô de Moscou!
suor e pele que na vala nove
a camponesa trouxe
dos confins da Ásia.
Vivam minas ricas de operários firmes
no ideal que anima seu trabalho rude!

E mesmo ainda agora
se na China impera
um batalhão de feras,
de produtos débeis
pra consumo estéril,
mesmo assim, eu amo SOREX.

MINUSTAH é quem odeio,
MINUSTAH, demônio sob a cruz de ferro.

Onde está MINUSTAH?
Por que ninguém lhe faz as honras?
Por que viver em meio às brumas?
Onde estão aqueles que na noite infinda
vivem sempre a se suster do sangue
que da carne morta MINUSTAH respinga?
Por que não dão as caras?
Por que sempre nas sombras?
Por que jamais se mostra
MINUSTAH em meio às bestas
que celebram festas ao sabor de vespas?

MINUSTAH tem muitos nomes:
É Darfur, Sudão, coltan e Congo,

Jenin, Fallujah, Sabra e Shatila,
Ruanda e as fotos de Abu Ghraib,
todas as vinte e quatro pessoas assassinadas a sangue-frio
em Haditha pela Companhia Kilo.

MINUSTAH provoca fome,
no Haiti devora, monstro,
as casas onde outrora havia gente.
Haiti, de Cité Soleil,
Haiti, de Papa e Baby Doc.
E em meio a tantos nomes, MINUSTAH
escolhe aquele que apavora: CRUZ (o mesmo CRUZ
que conheci na companhia de FRIAÇA).
A praça da favela feita terra de ninguém,
as mães em vão lavando as mãos de sangue,
partidos vistos como fossem gangues.
E o CRUZ e as tantas mortes que ele traz,
que satisfeito aplaude: o corpo morto
na varanda envolto em nevoeiro.

MINUSTAH me fita com seus olhos feros, de soslaio?
Será que sabe que eu existo?
Se o martírio teve das chacinas,
por que furtar-me a alma em meio aos carros?
MINUSTAH é totalmente insaciável.

MINUSTAH e seus sequazes:
Pinochet, Sharon, Suharto,
Costa e Silva, Golbery, Delfim.
E agora ouçam bem: Fritz Thyssen
Alfred Krupp
Carlos Ghosn
Roger Smith

Ingvar Kamprad e o Código de Conduta da Ikea,
Olga Benário escrava nos porões da Siemens
(que MINUSTAH celebra quando vai
a campo o futebol da Europa),
IG Farben, hoje Bayern, Basf e Hoechst,
Schering, Volkswagen, Daimler-Chrysler,
IBM e o Holocausto, Chase Manhattan,
Bertelsmann, Nestlé, C&A,
Monsanto, Aracruz, Syngenta,
um destaque em separado
pra McDonald's, Coca-Cola e Walt Disney,
trim que a Shell usou pra encher a terra,
todos os que lucram com a guerra,
Ford, Enron, Parmalat,
Toyota, Honda, Mitsui, Mitsubishi,
Walmart — a fronteira final,
Bordon e o sangue de Chico Mendes,
Lotto, Puma, Nike, Adidas, Umbro,
Asics, Fila, Kappa, Mizuno,
New Balance, Reebok, Speedo.

SOREX chamo às pressas,
que nos salve a todos do batel de lama
em que Caronte arrasta o leme,
da mortiça pena e da existência insana.

E assim eu amo SOREX
num tempo que caminha mudo
e nos prepara um golpe
que fará o futuro
tenebroso e sujo.
MINUSTAH nos punc
pelo antigo prumo

que nos vinha e vem ainda
de dizer sem pejo
em meio ao pesadelo:

Que porque vivemos nós
devemos nos erguer solertes
e dizer de pronto
que apesar do mito,
que apesar das fugas,
que apesar das muitas
dores e fadigas,
e a tortura, que é de tudo imiga,
que apesar da angústia,
que apesar da luta,
que apesar dos olhos
que nos pedem brisa,
que apesar daqueles
que inocentes sonham
que o presente em breve
nos dará um abrigo,
que apesar das rugas,
que apesar das multas,
que apesar da falta de troco,
e que apesar, enfim, de tanto luto,
a nós nos resta ainda
voz que,
rouco embora,
diga sempre
e sem demora:

SOREX, eu amo SOREX.
MINUSTAH é quem odeio.

CANTO DA RESISTÊNCIA AO GOLPE DE 2016

Não,
não é verdade...
Não creio
que as derrotas
que tivemos trazem
a reforma
de nossos equívocos,
nem o freio
de nossas ilusões.
Afinal,
por que seria
que, desfeito agora
o deslumbramento
das vitórias,
sairia da penumbra
a máquina do mundo
que enlaça
a democracia das massas
e o direito universal das minorias?

Não,
eu realmente penso
que ainda viveremos
o descompasso
de um tempo,
em que as pessoas solidárias
são frequentemente fracas,
ao passo que os fortes,
por via de regra,

se contorcem
na malícia burguesa
que nos desagrega.
Um tempo
que exige resistência,
como a sentinela
do Movimento Sem-Terra
que a noite inteira
tira guarita
e não vacila,
como a companheira
que de madrugada acorda
e com fé na luta
e pé no chão
se joga
em sua dura
rotina de trabalho,
mas não se entrega,
não se abate,
não se abaixa,
Um tempo, em suma,
em que o fervor
da nossa causa,
se manifesta
na dialética
da flor e da náusea.
Por isso, neste contexto,
as primeiras imagens
com que teço
a trajetória de nossa militância,
eu as retiro
do esgoto da memória
da escória dos traumas,
do lodo imerso em nossas almas.

Eu me refiro:

ao sórdido golpe dos senhores de terno, sorridentes
na foto em torno do mórbido golpista Michel Temer,
ao relato de Snowden, da explícita espionagem
fonte dos papéis iniciais da Lava Jato,
ao desmonte das políticas trabalhista e previdenciária,
aos jovens treinados no enfoque dos Estados Unidos
pela ONG dos Irmãos Koch,
a terapia de choque do Pentágono,
as privatizações que tomaram o país de assalto,
Alexandre Frota no Palácio do Planalto,
a falência da UERJ, a censura nas artes, a Escola Sem Partido,
os destinos rompidos pelo desemprego,
as delações obtidas pelo inquisidor que tudo pode
nas celas do DOI-CODI pós-moderno em Curitiba,
a intriga de Joaquim Silvério premiada
pelo velho Império que nos oprime,
Moro-Mussolini nos auditórios da Universidade Harvard.

Uma lista medonha,
e entretanto
não se pense
que intento apenas
nos fazer de vítimas.
Ao contrário — eu sei —
nós também tivemos
nossa ponta de culpa,
e no rol
de tudo o que explica
a razão de nossa perda,
certamente se conta
a tardia percepção
da necessidade da luta,

a falta
de unidade das esquerdas,
e mesmo
certo recôndito desejo,
inconfessavelmente derrotista,
de se ver redimido
pela vinda inusitada dos golpistas
— sem falar ainda
na ingenuidade daqueles
que mil vezes louvaram
os atos de junho de 2013.

Tudo somado:
um tempo sombrio
que nos aguarda
e o desafio
de fazer
desta consciência,
não a semente
da hesitação que nos acovarda,
mas o motor
do necessário preparo
para enfrentar e vencer
um longo período de resistência.
Nesta dialética,
se trago lembranças amargas,
o faço
somente em respeito
ao viés realista, que jamais rejeito,
mesmo na tristeza de um sonho dissoluto,
pois nada disso quer dizer que escuto
em demasia o balbucio da queixa

ou que o torpor do luto não me deixa.
Porque, a despeito das contradições, afianço
que se houve golpe foi porque houve avanços
que ao menos mitigaram nosso abismo
social e terminaram por incomodar o imperialismo,
os patos da Fiesp, a Rede Globo.
Mas, se de fato o povo não é bobo,
não se deixa enrolar pelas quimeras
da mídia, nem a insídia prepondera
sobre o ardor que a nossa fé nos trouxe,
há de então findar-se a dor, como se mais não fosse
que o frio da madrugada antes da aurora,
que a gota de lágrima que se evapora
quando o calor da nossa luta cresce.

E, quanto a mim,
se me parece
que o movimento popular
não blefa,
que nós também podemos ter
nossa força-tarefa
pra combater
a corrupção do entreguismo
e retomar
o leme da democracia,
é porque professo
toda confiança
em nossa adesão
e nossa militância
na causa nacional
e popular,
em nome da qual

a voz não calo nem a lira tenho
destemperada ou fraco o meu engenho,

e assim declamo:

Auriverde pendão de minha terra,
renova em nós a força da esperança,
espalha o amor que o nosso peito encerra,
na brisa que o Brasil beija e balança,
retira a crosta bruta que soterra
o povo altivo que tua luz alcança.
Não mais, Bandeira, tu serás mortalha,
mas signo, fogo e sol desta fornalha.

E, com este mote, eu reivindico
a posse da verdade
e, como no poema do Pazello, congresso:

A força dos cânticos de Sol dos versos
de Cruz e Sousa, gerador de mundos.
O profundo vigor oceânico
de João Cândido, almirante negro
do porto do Rio, do Encouraçado Potenkin.

A força da poeta surda-cega Rosani Suzin.

A força espessa, banhada em sangue,
da resistência dos xoklengs e caingangues

A força mítica
de Luísa Mahin,
madrinha e heroína dos Malês,
mãe de Luís Gama,

e também o destemor e o zelo de Luís Gama,
modelo de intelectual ativista.

A força
de Tiradentes e de Frei Caneca,
de Dandara, de Xica da Silva,
dos jesuítas, das missões indígenas,
que, assim como Zumbi, estiveram diante
do demônio paulista e bandeirante.

A força de Luiz Carlos Prestes, Jacob Gorender,
Marighella e Arruda Câmara, reunidos,
nem que seja nas estrofes de um poema.

A força
de Sandino e de Fidel Castro,
de Agostinho Neto e Patrice Lumumba,
das tropas de Cuba nas matas de Angola,
do povo de Caracas no Palácio Miraflores.

A força
de Lula, Djalma Bom, Jacó Bittar,
das dezenas de milhares de operárias e operários
no estádio eclesial da Vila Euclides.

E prova maior de bravura:
os 22 anos de Dilma Rousseff,
22 dias de tortura atroz,
sem se trair, sem se dobrar
ao ódio torcionário do terror da ditadura

A todas essas forças humildemente congresso
e acima de tudo a tenacidade eu peço
das pessoas comuns de nossa gente,
– mesmo quando fracas –
pra quem a sanidade é uma conquista,
que em seu trabalho diarista
encaram lama, sobem lona,
nas múltiplas ocupações urbanas e rurais
que a terra dos arraiais não abandona.
A força de dona Cida,
seu Sérgio, dona Iza,
seu Maurício e dona Bia,
dos irmãos e irmãs das centenas de milhares
de igrejas da periferia do Brasil,
a força das greves, protestos, travamentos,
dos sindicatos e dos movimentos,
a força LGBT, que enfrenta o preconceito homicida
da intolerância, da ignorância, da transfobia,
cuja valentia inspira a nossa mais convicta militância,
a força forte dos atabaques quilombolas,
das rimas do hip-hop,
do cancioneiro popular e nordestino,
dos guerreiros de Mestre Vitalino.

A força, em resumo, do cotidiano
que lentamente elabora
o sentido divino da História
— a humanização do ser humano —
e simboliza
a chama revolucionária que realiza
o encontro da bondade com a potência.

Por fim,
    se a mim for permitido,
expresso igualmente
        o desejo
de que eu viva
      até que veja
aplicar-se por inteiro
        o programa
que, no seio
     da União das Repúblicas
     Populares da América Sul,
há de fincar nossa bandeira,
da República Popular Brasileira:
verde,
   amarela,
      azul e vermelha.

JOÃO CÂNDIDO, HERÓI NACIONAL

O incidente detonador do golpe veio a ser a assembleia dos marinheiros, como podia ser algum outro, na atmosfera explosiva daqueles dias. Na noite de 25 de março, a Associação dos Marinheiros e Fuzileiros Navais comemorou o segundo aniversário com uma solenidade no Sindicato dos Metalúrgicos do Rio. Diante de deputados da FMP [Frente de Mobilização Popular], do octogenário João Cândido da Revolta de 1910 e de uma plateia de 1200 pessoas (...).

Jacob Gorender, **Combate nas trevas**, 1987, p. 63.

Em março, no porto, na massa de faces
        Que a luta de classes
Levara bem perto do golpe de abril,
Marujos e cabos em brava revolta
        Fizeram escolta
Pro velho que a trava das trevas abriu:

“Eu vim, pois eu vi, sim, o que se relata,
        Que a dor da chibata
Lenhava sem falta por reles vinténs.
E ao rude castigo somente findamos
        Depois que tomamos
Navios e canhões e fizemos reféns.

“Então nos traíram sem fé na justiça,
Nem crer na premissa
Que o fogo do inferno se atiça do mal.
Coa ira das feras, cavaram buracos,
E aos fortes os fracos
Puseram na cova repleta de cal.

“Do fundo nefando do poço covarde,
Porém, com alarde,
Na classe de novo sem medo se fez
A fúria do porto, da praça, da greve
— Vem, povo, te atreve!
‘Stá breve a ruína do mundo burguês.”

SEGUNDO MOVIMENTO: MAIS LENTO E REFLEXIVO

SEGUNDA ADVERTÊNCIA

O Céu se abriu, e o Sol iluminou
Um dia a mais na dor que nunca cessa.
Levante, meu amor, já recomeça
A lida como um conto de Allan Poe.

Um gato, uma caveira, um sapo, um grou,
Ao velho de capote o corpo engessa,
E o corvo sobre a porta diz que é dessa
Vez que a face do horror vem dar seu show.

O Sol, porém, indiferente a tudo
Vem sem, contudo, ver por quem lamente
Entre as bacantes do macabro entrudo.

Os gritos crescem de terror pungente,
O Sol se faz de cego, surdo e mudo,
E segue o seu percurso ao Ocidente.

OS CENTAUROS

A Arte é essencialmente a manifestação dos fracos.

Os Centauros que o digam, quando,
distraídos, deixam suas setas repousadas
um instante, um breve instante
em que pensam ver luzirem vagos lumes
no barranco, e ali no breu do Flegetonte,
desatentos dos precitos, miram,
em delírio, sua própria epifania.

Os fétidos porém se movem novamente,
o breve instante se dissipa e já o Centauro
volve o arco e volta ao seu ofício de vigia.

Veja... o sangue que se escorre pelas veias
e despenca para o vale... cruor espesso...
adurente plasma rubro e fumegante
que o Centauro cinge com as suas patas...

A desgraça dos Centauros,
meus senhores,
por incrível que pareça,
é a mesma que nos verga:
servir de carne ao molho pardo
imerso em sangue comburente
ou pegar do arco e as setas
e na dor de só punir
ter sua pena.

SHAKESPEARE – HAMLET – ATO III, CENA 1

Aliás... Eis a questão: mais nobre
Acaso é suportar calado, pedras
E flechas da fortuna adversa, ou de arma
Em riste opor-se ao mar das aflições
Para batê-lo enfim? Morrer, dormir:
Mais nada; e pelo sono obter o fim
Das mágoas, das mil chagas de que a carne
É natural herdeira — eis que se anseia
Com suma devoção. Morrer, dormir:
Dormir! Sonhar talvez — mas este é o ponto:
Mesmo libertos da espiral da vida,
Neste sono da morte chegam sonhos
Que nos assombram — e em respeito aos quais
Se faz tão longa a vida aos infortúnios.
Quem sofreria o látego do tempo,
O escárnio do opressor, o orgulho infame,
A dor do amor traído, a lei que tarda,
A prepotência do poder, o biltre
Que ao mérito paciente menospreza —
Se a si próprio pudesse dar repouso
Coa ponta de um punhal? Suportaria,
Acaso, o fardo exausto, o suor e o pranto,
Não fosse o pânico de depois da morte,
Esse ignoto país de cujas lindes
Viajante algum voltou — que a alma avilta,
E impõe que se prefira o mal que temos
A tantos outros mais que não saibamos?
Assim tal crença a nós nos acovarda,
Assim ao tom inato resoluto
O pálido feitio do pensamento

Abate, e ações de mais vigor e pulso
Desviam-se do curso e perdem, pois,
O nome de atitude... Mas, calma aí!
Não é a linda Ofélia?

SONETO

Reflexões suscitadas ao Poeta quando, ao lado do prédio da reitoria da Universidade Federal do Paraná, viu uma placa em que se lia "Estacionamento Cervantes".

Assim como é certo que tudo morre,
Em nosso tempo já se faz visível
Que toda nobreza, por mais incrível
Que seja, por si só não se socorre.

Tal qual aquele a quem um belo porre
Indesejado faz ficar risível,
Neste mundo movido a óleo diesel
Não há vulto que o lucro já não torre.

Picasso é automóvel, e Da Vinci,
Filme; shopping center, luxo e requinte:
Villa-Lobos, Portinari e Matisse.

Mas, porra, então, que merda que se disse:
Ter sido Cícero, Dante ou Cervantes
E hoje ser marca de refrigerante.

O SOCIAL-DEMOCRATA

Ele acredita que a Universidade exista
pra produzir conhecimento e que o produza,
mas não distribua, ele confia
que a sociedade um dia vai ser justa,
ele se vira na ciência e na política.

Ele acredita que esta língua sirva
e que com ela expresse o que se quer
que queira, que a conversa aponte
sempre pra melhor saída, ele aconselha
que mais debatida é bem melhor
a ideia, que a democracia existe
para ser cumprida, ele acredita.

Ele adverte que não faz sentido
desejar que o mundo se concerte
às custas de arrancar o sangue
de quem quer que seja, pois
no fim das contas resta
que a pior desgraça venha
coa preguiça a ignorância.

Ele admite que por bem se evite
que a ganância cresça, mas que não
se avilte o que já temos feito:
"Acredite que tragédia mesmo
é esta nossa elite que não tem mais jeito";
ele acrescenta com razão
se possa e com mais desapego
nos sentir felizes, sem cicatrizes
de um passado horrendo.

"Eu não entendo", ele nos diz, sincero,
"pode o homem ser assim tão fero, eu chego
a ter vergonha desta raça inglória", mas depois
que passa ele nos afiança que só disse aquilo
pra contar história.

Por fim, um dia ele já foi fascista e não se diga
que de um mal assim um homem não se livra,
ele acredita piamente em autocrítica.

ILUSÕES DEMOCRÁTICAS

Trechos, ligeiramente adaptados, e dispostos numa certa forma de versos, do texto *Contribuições marxistas à questão das "ilusões democráticas"*, de Roberto Barros. A primeira "estrofe" corresponde a uma citação de Marx.

A exigência
de abandonar
as ilusões sobre sua condição
é a exigência
de abandonar uma condição
que necessita
de ilusões.

A dialética do termo desilusão:
de ilusões democráticas a democracias ilusórias.

Se as ideias são inseparáveis das práticas materiais,
é a própria estrutura social que se apresenta objetivamente
sob forma ideológica e, portanto, ilusória.

A ideologia não é a consciência falsa
de uma realidade verdadeira,
mas,
sobretudo,
a consciência verdadeira
de uma realidade falsa.

Ultrapassar
a aparência
ilusória
do Estado
e da representação política na Ordem.

Mais que socializar a política:
politizar o social.

UM POEMA SÓ POR ISSO

E Luísa nos idos anos oitenta
da tribuna: "More power to the people!
Nós o que queremos
é um governo marxista no Brasil".

A noite é densa onde a comida é pouca.
5000 almas e 800 cachorros a aguardam,
mas não é hoje. Eva viu a uva
e ela vê o avô de cama.
"Filha, é foda, leve seus filhos...
se acontece de novo...
todos para a cova..."
E ela disse: "Quando o vô ficou doente,
com sete anos eu fui pro sinal",
Sete anos... O tempo de Jacó sem Lia.

E na mesma idade
o Waldyr brincava
em frente à casa,
quando o cara da carroça
o arrastou, e a mãe somente
o viu ali pra lá do Capanema.
"Leva na igreja, Vizinha,
onde a freira tem a creche."
E no final de semana
a mãe foi pegar o filho
e viu a sopa que vinha
dos galões de lata,
para os pratos de plástico
às crianças todas;

e as moças que sumiam lá pra dentro,
tantas entradas num lugar pequeno.
"Isto aqui, Senhora, é um orfanato;
seu filho agora é nosso interno."
(...) "Uns meses? Fiquei foi oito anos
e umas fugas que não deram certo.
"(...) Mas hoje moro co'a mãe na Vila e trabalho
no Xerox do HSBC no centro,
é o prêmio de um programa que retira
os órfãos do orfanato e
tem até uma placa com meu nome lá.
"(...) Cheguei tarde à aula hoje,
ontem à noite o pai quebrou
a porta de tão cosido...".

E Rosandre, que teve a tevê roubada
pelo próprio vizinho, que fica ali
assistindo, de onde ela pode ver,
e não há nada que se faça.

E é por isso que um dia eu disse
uns versos, não em contraste
com aquele Brecht que você nos trouxe.
De manhã após a missa de Êxodos,
"Esta terra agora é nossa,
Não somos bichos pra morrer de fome".

More power to the people é
um Estado marxista no Brasil.

TERCEIRO MOVIMENTO: LÍRICO

VATICÍNIO

Pobre papai, como lastimo
tão tarde tê-lo compreendido.

E eu que tantas evidências tive,
tantos avisos, tantas imagens
nas paredes, nos diplomas, nos poemas,
pobre papai, agora é tarde.

Na sala de espera, o consultório
espera as sete horas em silêncio fundo
de hospital restrito, de hospital interno,
a secretária aguarda lendo
o livro aberto sobre o colo branco,
as horas lá não são mais deste tempo;
duas namoradeiras de vime,
duas poltronas cor de cáqui:
o estilo espalha economia e sóbria
confiança no futuro.

Na parede, o menino olha
o poema toda a tarde ali exposto,
em lugar nobre, a sala de espera,
minutos de sabedoria:

"Papai é o máximo, sabe tudo...
"Acho que papai às vezes se engana
em certas colocações que faz...
"Não sei se consulto o velho
para este negócio que quero fazer...
"Pobre papai, era um sábio.
Como lamento tê-lo compreendido tão tarde."

O menino imagina-se velho
e velho imagina-se lembrando
o menino na sala de espera
colhendo aquele poema.

Então, quando seu pai já morto,
ele terá toda sabedoria e saberá
que o tempo todo foi de engano.

(Mas o menino lembra que é menino
e se lamenta de que ainda
vá passar por tudo aquilo.)

Ele era um sábio. Eu agora também sou,
pois o compreendo, embora tarde,
e compreendo a vida, e o tempo, e o mundo,
objetos de meditação distante
em que se assenta a temperança do pai
ausente, divina providência.

LÍRICA DE JANO

METADE: CATULO – CARMEN V

Vivamos, minha Lésbia, e nos amemos.
Rumores sérios de senhores velhos
Merecem menos que o valor de um asse.
O Sol é que renasce após o ocaso.
Em nós a breve luz se esvai de vez,
Se a noite cai se faz perpétua e una.
Mil vezes e depois cem vezes beija-me.
Depois sempre outras mil e mais centenas,
Milhares e mais centos sem parar.
Depois, se muitos miles se fizerem,
Nos esqueçamos de encerrar a conta.
Não possam os severos invejar-nos
Sabendo que são tantos nossos beijos.

OUTRA METADE: W. H. AUDEN – FUNERAL BLUES

Parem os relógios, cale o telefone,
Que o cão não ladre e ganhe um osso que o acalme.
Silêncio no piano, e com tambores mudos
Entre o caixão e as carpideiras com seu luto.

Deixem que o clamor dos aviões em torno
Trace pelo céu a frase Ele agora é morto.
Golas negras adornem as pombas de rua
E os guardas de trânsito trajem as luvas escuras.

Ele para mim foi Norte e Sul, e Leste e Oeste,
Meus dias de trabalho e meu domingo alegre;
A meia-noite, o meio-dia; prosa e poesia,
Jamais pensei que o nosso amor se acabaria.

Nem mais estrelas quero: vão embora;
Seja a lua empacotada e que não haja aurora;
Seque o oceano e se derrube a mata.
Sem ele tudo, tudo agora já não vale nada.

O COLORIDO FLAUTISTA DE HAMELIN
UMA HISTÓRIA INFANTIL

***The Pied Piper of Hamelin: a child's story** (1842),*
de Robert Browning

I

HAMELIN, vila vizinha,
À rica Hanover, em Brunswick;
        Lá, o rio Weser, de larga calha,
        Lava o lado sul de suas casas;
        A vista é como eu nunca vi tão linda;
Mas quando apenas inicia este poema,
        Há quase quinhentos anos,
        A vila ainda sofria os danos
        De uma praga que fazia pena.

II

Ratos!
Que atacam cães e matam gatos,
E dão mordidas em bebês de berço,
E furtam todo o queijo e fartos
Lambem sobras pelos pratos,
Abrem brechas mesmo em tachos,
Fazem tocas em chapéus de copa,
E até das moças da fofoca
Os decibéis sufoca o estrido e a voz
Dos bichos com mil tipos de alaridos
Sustenidos e bemóis.

III

Por fim o povo revoltado
          Brada em coro em frente ao Paço:
"'Stá claro que o Prefeito é um asno;
          E que o Conselho vai pro mesmo ralo.
Têm verbas para roupas finas
Mas não sabem como se elimina
A praga que nos cai por cima!
Pensam, pois idosos e obesos,
Que a toga não lhes traz mais peso?
Pois, sim, senhores! Parem de preguiça
E encontrem logo uma saída,
Ou será o fim da boa vida!"
E só por isso o Prefeito e o Conselho
Se dão conta de que o caso é sério.

IV

Por uma hora sentam-se em consílio,
          E o Prefeito enfim se manifesta:
"Por um florim daria a minha beca
          E me poria longe a mais de milha!
Fácil falar de uma praga maluca,
Mas quanto fuço esta arapuca,
Mais se ofusca minha pobre cuca
Em busca de um ardil, um truque, uma armadilha!"
Pois não é que justo aí um breve
Som atrás da porta ouve-se de leve?
"Meu Deus", ferve o Prefeito, "Quem se atreve?"
(Em meio ao Conselho em que se senta
Parece criança, apesar da pança tão imensa,
Secos, seus olhos se mostram,
E tão sem brilho como duas ostras
Salvo se atrasa o almoço e o bucho bardo
Exige tartaruga verde ao molho pardo.)
"É só o capacho em que se arrasta um sapato?
Ai, qualquer coisa como o som de um rato
Já me dá no peito um balacobaco!"

V

“Entra lá” — o Prefeito grita enquanto ajeita a postura:
E eis que entra a mais excêntrica figura!
Capa esquisita e longa, até a canela,
Meio vermelha, meio amarela,
Ele próprio alto e magricela,
Cabelos claros despenteados, pele escura,
Olhos azuis agudos como agulhas,
Cara sem barba nem penugem rala,
Mas lábios em que entra e sai uma risada,
Vinha assim mas era bem do nada,
E todo mundo então ficou sem fala
Face àquela estranha criatura ali na sala.
Até que alguém dispara: “É como se o meu mais antigo
Avô, saindo de um jazigo todo colorido,
Viesse, ouvindo o som das trombas do Juízo!”

VI

Ele avançou pelo recinto
E "Com licença, meus senhores", disse, "Eu me sinto
Habilitado, por obra de um feitiço raro,
A que tudo que viva e morra
Quer se arraste, nade, voe ou corra,
Siga-me sem fazer reparo.
E o meu feitiço eu uso sobretudo
Sobre os bichos que apavoram todo mundo,
O sapo e o corvo, a víbora e a barata;
O Colorido Flautista é como o povo me trata".
(E aqui foi que se viu em seu pescoço um lenço
Com listas fulvas e carmins, e penso
Que pra toda a roupa tal tecido não fez falta;
E na ponta deste lenço vai pendente a sua flauta;
Os dedos seus não param, já se nota,
Do ar retiram notas e mais notas,
Ansiosos pela flauta que roda
Sobre as listas tão fora de moda.)
"Pois, sim", seguiu, "flautista simples, à pagã
Tartária fui livrar ao Grande Khan
Em junho de um enxame de cupins e rãs,
E nos confins da Arábia para o Xá do Islã
Morcegos-vampiros seguiram-me em fila;
Por isso, meus amigos, foi que eu vim:
Se eu lhes deixar sem ratos esta vila,
Dariam-me os senhores mil florins?
"Só mil? Cinquenta mil!" — lhe responderam
O Prefeito e os membros do Conselho.

VII

O Flautista então caminha pela rua,
Sorrindo ainda fino seu sorriso,
Pois sabia que feitiço em sua
Flauta se escondia enquanto isso;
Por fim, o músico em exímio lance,
Pra soprar a flauta os lábios franze
E em verde e azul agudos olhos transe,
Tal qual a chama da vela que o sal excita.
E não tocara nem três notas o Flautista,
Já murmura certo som agudo,
E o murmúrio foi virando apupo,
E o apupo em pouco tempo era furdunço,
E em balbúrdia ratos vinham todos juntos.
Ratos gordos, ratos magros, grandes ratos, ratos parvos,
Ratos claros de pelo crespo, ratos pardos de pelo liso,
Graves senhores sérios, jovens traquinas gaios,
            Tios e primos, pais e mães, e mais cunhados,
Com rabos e bigodes eriçados,
            Famílias com dez filhos e os maridos,
As amantes e consortes
Ao Flautista vão seguindo para a morte.
De rua em rua ele avançou tocando,
E os ratos passo a passo atrás dançando,
Até que as margens viu do rio Weser,
E ali se lançam todos e perecem.
— Menos um: como Júlio César, que, augusto,
Veio com seu manuscrito, o rio robusto
Ele cruzou a nado e pôde, solitário,

À Ratolândia levar seu *Comentarium*,
Que era assim: "Quando a flauta solta aflita
Suas notas, ouço em volta um som de tripas
Fritas e de frutas cítricas em pipas
Com magníficas cidras frescas espremidas,
E sinto odor de picles nos barris de vime, tinas
Abertas que retinem de conservas finas,
E as rolhas saltam dos tonéis de azeite, e ao cabo as
Cubas de manteiga soltam suas tábuas:
E era como se uma voz
(Mais doce que da lira ou harpa
fosse) nos falasse: 'Ratos, para vós,
Um vasto prato cresce de comida farta,
É já traçá-la, triturá-la, tem tanta,
Lanche, almoço, desjejum e janta'.
Mas justo quando vejo o açúcar de um galão gigante
Cujo casco abriu-se como um sol brilhante
Que ali ao meu alcance,
Junto a mim dissesse: 'Venha, me atravesse!'
— Me achei nas águas fundas do rio Weser".

VIII

Ah, você devia ter ouvido os hamelinos
Tocando e badalando até rachar os sinos!
"Rápido", ensina o Chefe, "peguem rifas e sarrafos,
Fechem ninhos e buracos,
Sejam mestres na marcenaria, a fim
De que na vila nada fique por que passe
Um rato!" — quando eis que de repente a face
Do Flautista ali na praça, "Com licença", diz,
"Só antes, Excelência, não se esqueça dos meus mil florins!"

IX

Os mil florins! Nosso Prefeito perde as cores
E assim também os vereadores.
Seus jantares arrasaram com o estoque
De Beaujolais, Bordeaux e vinhos DOC;
Meia quantia desta, pelo menos
Encheria a adega de um bom Reno.
Pagar tal soma a este saltimbanco
De capa de cigano — seja franco!
"No mais", diz o Prefeito, "apague o facho,
Nosso negócio foi por água abaixo;
A peste, vimos, teve seu despacho
E o que morreu não volta à vida, eu acho;
Não somos, filho, tipos — que diacho! —
De deixar vazio seu tacho,
Sem nem um troco pra tomar um trago;
Florins, porém, que eu lhe falei que pago,
Você bem sabe, foi de modo vago.
E, aliás, quem gasta a mais não se sustenta;
Mil florins! Mas, sim, leva cinquenta!"

X

O Flautista fecha a cara e vocifera:
“Não quero esmola nem tolero espera!
Em Bagdá insistem que os visite
Pro jantar, e quem me fez este convite
Foi o rico Mestre-Cuca do Califa,
Cuja cozinha deixei liberta
De escorpiões morte certa;
Ali não tem pechincha de tarifa.
Não vão vocês pensar que dou desconto!
E aos que querem me fazer de tonto
A flauta eu sei tocar em outra cifra.”

XI

“O quê?” — grita o Prefeito — “Pensa que aceito
Que me tratem desse jeito?
Que me insulte um flautista patife
Que se cobre de listas e mal toca o bife?
Você nos ameaça, filho? Faça, siga em frente,
Sopre a flauta até que se arrebente!”

XII

O Flautista, então, voltou à rua e pôs
Nos lábios seus, logo depois,
A longa flauta reta e lisa, e mal não sopra
Nem três notas — que delícia!
Que clave tão suave, doce obra
De um virtuose que o ar manobra com perícia! —,
E eis que se ouve um som de corpos que se roçam em aperto,
Um alvoroço alegre, um rebuliço de vozes em desconcerto;
São pequenos pés que marcham, com tamancos se atropelam,
Mãos miúdas que não param, bocas mil que tagarelam;
E tal qual galinhas de sítio quando a gente joga milho,
Crianças vinham de seus domicílios.
Meninos e meninas como numa écloga,
De cachos flavos e bochechas cor-de-rosa,
Olhos rutilantes, dentes como pérolas,
Trotam e tropeçam no encalço da música feliz
Com gritos e risadas infantis.

XIII

O Prefeito e o Conselho emudecem de tal maneira
Que parecem blocos de madeira,
Sequer conseguem dar um passo ou grita
Que alerte a turma que alegre saltita.
– Só lhes resta seguir coa vista
O grupo atrás do Flautista em festa.
O Prefeito sente que lhe aperta
O peito e até o Conselho antecipa o mal,
Quando o Flautista sai da rua principal,
E as águas do Weser se põem na trilha
Em que caminham seus filhos e filhas.
Entretanto, ele altera o destino;
Endereça-se ao Monte Koppelberg,
E com pressa a meninada o segue
Para grande alívio dos hamelinos:
"Por aquele incrível topo ele não avança!
Por força há de largar a flauta e a dança,
E vamos ver enfim parar nossas crianças!"
Mas, ai, quando ele alcança o contraforte
Do monte, um portal surge com tal porte
Qual se ali se abrisse uma caverna;
O Flautista se adianta pela parte interna,
E quando todo o grupo ingressa,
A porta na montanha fecha-se depressa.
Todo o grupo? Não, que digo eu! Um era coxo,
E não seguiu a dança o seu percurso todo;
E, mesmo depois de muitos anos, se alguém notasse

Que ele estava murcho, era capaz que lhe falasse:
"A vida em nossa vila ficou vazia depois daquilo!
Eu não esqueço que não me liam
As belas cenas que eles apreciam,
E que o Flautista a mim também havia prometido.
'Eu vos levo', ele nos disse, 'a uma jovem terra,
Aqui bem perto, além daquela serra,
Onde os bosques têm mais frutas e mais flores
E a nossa vida muito mais amores,
E as coisas todas são novas e divertidas;
Os pardais são mais luzentes que os pavões,
E os cães, velozes como os gamos na corrida,
E as doces abelhinhas já não têm ferrões,
E os cavalos são alados como as águias'.
E justo quando aquela voz tão sábia
Diz que lá meu pé rapidamente sara,
A música cessa e me desanima,
Vejo que fiquei pra fora da colina,
A sós, entregue a esta minha sina
De seguir mancando como antes
E nunca mais ouvir falar de terra tão exuberante!"

XIV

Ah, que desgraça para os hamelinos!
À lembrança de muita gente deve ter vindo
A passagem que diz que o reino dos Céus se abre
Para os ricos coa mesma facilidade
Com que um camelo passa pela cabeça de uma agulha.
Leste, Oeste, Sul e Norte o Prefeito vasculha
E manda a quem quer que aceite a demanda
Que ao Flautista se ofereça, sem trapaça,
Ouro e prata que o contente e faça
Que dê meia volta e traga
Atrás de si todas as crianças.
Mas quando veem que a causa está perdida,
Que o Flautista e os dançarinos se foram para toda a vida,
Baixam um decreto pelo qual o advogado atento
Saiba que somente está completo o documento
Quando, após a data, lavra
Também estas palavras:
"E há tanto tempo do que aqui se fez
Aos vinte e dois do mês
De julho de mil trezentos e setenta e seis:"
E a fim de que a memória mais se fixe,
O ponto em que se deu o trágico eclipse
Chamou-se o Passo do Flautista Triste —
Onde algum gaiato tocando flauta
Ou bumbo esteja certo de que perde a pauta.
Lá não se admite albergue nem taverna
Cuja farra avilte rua tão soturna.

E em frente ao Koppelberg, onde se abriu a caverna,
A história se escreveu numa coluna,
E um painel no grande vitral da Igreja
Narra a mesma cena, pra que a Terra inteira veja
Como as crianças foram levadas da vila,
E tudo ainda existe ali mesmo hoje em dia.
Por fim não posso me eximir que diga
Que na Transilvânia uma tribo
Extravagante atribui seu atípico
Costume e suas roupas esquisitas,
Que tanto assombro causam às visitas,
A pais e mães que teriam vindo
De uma prisão subterrânea
Que os engolira ao pé de uma montanha,
Muito tempo atrás, numa cratera
Que se abrira numa vila da Alemanha,
Embora como nem por que jamais ali ninguém soubera.

XV

E assim, Pepeu, esta história ensina a não ficar em falta
Com ninguém, especialmente com quem toca flauta!
E se algum flautista nos livrar de ratos, bem depressa
A palavra dada faça honrar nossa promessa!

QUARTO MOVIMENTO: DODECAFÔNICO

PARA LÁ DE CHAPLIN

Os círculos do Inferno na Comédia
Decerto abrigam sina triste e tétrica.
Mas após a invenção da luz elétrica
Veloz se abate em nós maior tragédia.

TV, cinema, Nasa e Wikipédia,
A nova sociedade econométrica
Produz tamanha farsa paramétrica
Que a vida estressa e a faz tragicomédia.

Se Ford achou por bem que os funcionários,
Entregue a força em troca dos salários,
Agissem como máquina remota,

Na fábrica moderna poliglota,
Seguindo o exemplo torpe da Toyota,
Escravos vão virando os operários.

    t r a b a   l h a
          b a t a l h a
    t r a b a t a l h a
    t r a b a   l h a
    t r a   v a
          b a t a l h a

              t a l h a
          r e t a l h a
    t r a   v a
r e t   r e   v a
    t r a   l h a
    t r a b a   l h a

HAPPY HOUR

O obrário do trabalhatório
incessa seu labor de otário.
Pau de toda trama,
mão de ópera desinvera,
ele opera a máquina
de libra e deslibera:
seu incorpo em tubo desespera.

Ao futuro, um tudo desinvero,
o fulltário intato desentoca
a cova nata do tolário.
Débil, delenturo, delibera
o nascituro marco mortuário.

Desgracioso ritmo sintópico,
sintônico e sintático.
Distrofia, disparate. Dilacera
de cem anos e cem noites.
Desestrato, desestratia.
Antes tardio que distratante,
o relógio de ponto descelera.

Aos marcos novamente se desfere
o hotentote dos excelsos maquinários.
Parar na padaria pra comprar broa de milho,
decompor-se o estribilho meritório,
deferir-se e declarar-se: (h)inoperário.

N O W H E R E

N O W H E R E

N O W H E R E

N O W H E R E

N O W H E R E

N O W H E R E

N O W H E R E

ARTE-NADA

PARA O NILIMUNDO DESTE VACUOTEMPO

e na posse de barack obama no youtube:
it's my pleasure to introduce a unique musical performance
mr. itzhak perlman violinist
anthony mcgill clarinetist
yo-yo ma cellist
and gabriela montero pianist
performing air and simple gifts
a composition arranged for this occasion
by john williams

notáveis músicos terceira via
pop top chords perlman e yo-yo ma
mcgill clarijazznetista bernstein-erudito
gabriela montero
        divinichavista das improvisações impossíveis
        de *el sistema* de *la orquestra juvenil simón bolívar*
john williams milli grammy-oscares como válter disney
        compositores-mores
        da kitchclássica música sinfoniúnica de hollywood

[1]franco-chinês   [2]israelo-estadunidense
        [3]mulher sul americana   [4]afro-descendente

        [5]composição tradicional
                [6]com arranjo w.a.s.p.

Músicos tocaram música pré-gravada na posse de Obama

23/01/09 - 14:18 - BBC Brasil

Os organizadores da posse do presidente dos Estados Unidos revelaram que quem assistiu a um quarteto de músicos que se apresentou no evento não ouviu amplificada a música que eles tocaram ao vivo, e sim uma gravação. O violoncelista Yo-Yo Ma, o violinista Itzhak Perlman, a pianista Gabriela Montero e o clarinetista Anthony McGill haviam gravado no domingo a peça *Air and Simple Gifts*, de John Williams, que foi executada por eles na posse, na terça-feira.

O frio torna mais provável que as cordas de instrumentos musicais estourem durante a execução. Por isso, por segurança, os organizadores e os músicos decidiram tocar a gravação nos alto-falantes, embora os músicos tenham de fato tocado seus instrumentos na posse.

"Ninguém está tentando enganar ninguém", disse Florman. "Não é algo que nós anunciaríamos publicamente, mas não é algo que nós tentaríamos esconder."

"Não é como o Milli Vanilli", acrescentou, fazendo referência a uma dupla de cantores que fez muito sucesso nos anos 80 e chegou a ganhar o prêmio Grammy em 1990, antes que viesse a público que eles na verdade não cantavam, só dublavam suas canções.

<http://ultimosegundo.ig.com.br>

que diferença faz? ganhar dopado ou limpo
tocar por um playback ou dar concerto ao vivo?
nihil vanilli itzhak milli perlman dudamel barenboim
miles de niilis: *unique musical performance for this occasion*

a tese deste texto: no capitalismo do fim da história
a crescente contradição entre
    o desenvolvimento das forças produtivas
    e as relações sociais de produção
tem na arte oficial do nada sua pulsão preferencial

Com o passar do tempo, o desenvolvimento das forças produtivas, os ganhos de produtividade do trabalho, o surgimento de nossas técnicas, máquinas e tecnologias, e o próprio acúmulo em si do saber e do esforço, com o passar do tempo a produção de bens aumenta, o tempo para sua produção diminui.

Monetariamente diríamos que esse aumento da produção leva à diminuição do preço unitário, ou seja, os ganhos de produtividade geram deflação. Se o processo fosse deixado "à sua deriva", os produtos seriam tantos e teriam tal qualidade que, por assim dizer, todos poderiam ter de tudo.

É claro, contudo, que a corrente se quebra antes disso.

É o momento da *crise*, negada pelo raciocínio equilibricionista da ideologia, mas constantemente afirmado pelos fatos, quando o desenvolvimento das forças produtivas encontra seu limite nas relações sociais de produção.

A estabilidade, porém, é uma característica do sistema feudal; o capitalismo precisa sempre crescer. A questão, portanto, é: como manter o crescimento das forças produtivas sem correr o risco de dividir riqueza, de pôr em risco a existência mesma da sociedade de classes? Administrar o capitalismo é fundamentalmente lidar com esse problema vital.

Em 1919, John Maynard Keynes escreveu sobre as consequências econômicas da paz. Diga-me lá: quando houve pleno emprego no século 20 — pois *houve* pleno emprego no século 20. Durante as guerras mundiais, observa Keynes. O soldado é um trabalhador. Do setor destrutivo, é verdade, mas trabalhador assim mesmo. O soldado morre, mas morre empregado.

Como conseguir tamanha estabilidade em tempos de paz?

O fundamental são os investimentos privado-estatais improdutivos, e entre eles, inclusive, os gastos com educação e cultura. Milagre: o aprimoramento do sistema privado-estatal de fomento às artes, à cultura e à educação não só seria justo como justificado do ponto de vista econômico. Keynes finalmente unia o útil e o agradável, o dever e o prazer, a ética e a racionalidade.

Mas note bem: escola keynesiana, arte e cultura keynesiana não correspondem, fique claro, à efetiva socialização do conhecimento e dos bens. Sua finalidade, como dissemos, é o incremento dos gastos privado-estatais improdutivos como meio de conter a tendência deflacionária do sistema como um todo. Difundir ciência e cultura verdadeira, socializar conhecimento de fato corresponderia, justamente, a desenvolver ainda mais as forças produtivas, estimulando a tendência que se busca combater.

As relações capitalistas se apoderam dos produtos da cultura, desenvolvem sua reprodutibilidade necessária para que eles assumam a forma de não-mercadorial, percam sua "aura", se laicizem e vulgarizem. (...)

O capitalismo transforma os produtos culturais em não-mercadorias, na "era de sua reprodutibilidade técnica". Não-meios de produção e não-meios de consumo, os sons, as imagens, as cores, os sinais constituem os objetos transportados e vendidos que impedem os consumidores de pensar e agir, paralisam-nos e, acima de tudo, nascem, vivem e morrem sem alterarem as forças produtivas.

O capitalismo, cujas contas nacionais são tão vulgares e enganosas quanto sua estética, considera como acréscimo do PIB a produção bélica, a venda de sangue, de retina, de rins, as receitas dos motéis e prostíbulos, onde o sexo se transforma em não-mercadoria, as despesas com expedições interplanetárias, as rendas provenientes do turismo, que enriquecem os gigolôs dos monumentos históricos e da natureza privilegiada, etc.

Desviando-se da produção de valores de uso, de produtos úteis, o capitalismo transforma tudo em "produção" — desde que dê lucro — os cursos de língua (a fala), o canto, a dança, a ginástica, a sauna, o sexo (as revistas de sexo, os vídeos de sexo, os motéis, etc.), os cursos de boas-maneiras, a psicanálise de cachorros, etc. Tudo assume o caráter de "natural", de produto necessário, fino e útil.

CAMPOS, Lauro. **A crise completa**.
São Paulo: Boitempo, 2001, p. 142-3

O esporte, então, é a área da cultura onde isso se dá de maneira mais clara. Ficamos lá observando um campeonato sem fim que se renova e se mantém sempre o mesmo ano após ano, corredores, ciclistas e automóveis a dar voltas numa pista, virar piscinas, cruzar barreiras, dar infindos rodopios em torno ao próprio corpo, fabulosa recirculação do nada.

É como se disséssemos:
Vamos trabalhar para resolver as carências humanas
e libertar a todos e todas do jugo do trabalho alienado?
E nos dissessem, Não, tem uma ideia melhor:
vamos construir um estádio gigantesco
e chamar 90 mil pessoas ao vivo
e dois bilhões pela televisão e um bilhão pela internet
para ver quem dá mais voltas em menos tempo
em torno de uma pista de atletismo!

Como se fosse, Vamos nos organizar
e resolver as carências do tempo
para eliminar o trabalho alienado?
E nos dissessem, Não, tem uma ideia melhor
Vamos tocar violino,
passar longos e penosos anos aprendendo
a tocar violino
        a dançar na ponta dos pés
                a ser virtuose em qualquer negócio
— Mas por quê?
— Por quê? Porque, porque faz bem ao espíiírito.

E sabe por que você é assim? Por que se sente
tão angustiado? Não é por causa do trabalho alienado é
porque você pratica pouco sexo,
quem não transa com ninguém
não pode mesmo estar passando bem

Você está assim é porque não viaja!
Por que você não pega o carro ou passa
numa agência de turismo ou compra
uma passagem de avião ou entra
numa excursão e vai daqui até ali   e volta!
— Mas por quê?
— Por quê? Porque, porque é liiindo.

O mundo há muito tempo está maduro
Forças produtivas suficientemente desenvolvidas
desde aquele espectro que rondava a Europa
O capitalismo intenta ser o fim da história
trava a roda da história
não quer que as relações sociais sigam seu curso
Fukuyama diz que tudo acabou em 1806
— e quem sou eu pra desdizer de Fukuyama —
desde a primeira metade do século 19,
como frisa o Manifesto Comunista,
o mundo é palco pleno para o socialismo

e desde então:
história-nada , vacuotempo , cronoaniquilamento

forças produtivas que *já* têm o necessário
para superar o trabalho
mas este se mantém somente porque são ainda como são
as relações sociais de produção

e qual é então a arte que melhor se encaixa
neste vacuotempo niilimundo?

Beuys, Beuys, meus boys, ele é que entendeu a coisa
Beuys — a própria biografia um blefe
Pergunta Kant: isto é belo?
Mas depois de Beuys ninguém se espante
se também se diz, pois isto é arte?

Feltros, gordura e feltros
How to Explain Pictures to a Dead Hare (1965)
horas com chapéu de veludo e luvas de boxe
a explicar destarte, cara lebre morta,
o porquê da morte desta nobre arte
I like America and America likes me (1974),
da Alemanha para cinco dias
junto de um coiote
na pequena sala da galeria
Rene Block em Nova York
à sombra das Torres Gêmeas que serão escombros

A Dokumenta de Kassel
O quilômetro vertical de Walter de Maria
um cabo com 1000 m de metal enfiados na terra
O apartamento cheio de areia que o mesmo de Maria
mantém em Manhattan, segundo se relata,
que precisa ser cuidado, aguado, a areia mantida saudável

e aquele alemão, que enterrou um poste, não foi mesmo
e aquele outro que fotografou e arquivou
os filmes nunca revelados, dizem
– isto é arte?
– e da melhor qualidade

Um dos trabalhos mais famosos de Kosuth é "*One and three chairs*", uma expressão visual do conceito de **Platão** das formas. A peça caracteriza uma cadeira física, uma **fotografia** dessa cadeira, e o texto de uma definição de dicionário da palavra "cadeira". A fotografia é uma representação da cadeira real situada no **assoalho**, no primeiro plano do trabalho de arte. A definição, afixada na mesma parede que a fotografia, delineia nas palavras o conceito do que é cadeira, e nas suas várias encarnações. Nesta e outra, trabalhos similares, *Cinco palavras no néon azul e vidro um e três*, Kosuth envia as indicações tautologicais, onde os trabalhos são literalmente o que dizem que são.

Fonte primária óbvia

A explícita poética do nada de John Cage
"em 4'33" (1952)
um pianista entra no palco
toma a postura de quem vai tocar
e não toca nada
a música é feita pela tosse
o riso e os protestos do público
incapaz de curtir quatro minutos e alguns segundos
de silêncio"

Augusto de Campos, **O anticrítico**, p. 218

Beethoven, Mozart, Shakespeare, Camões
não foram a seu tempo
em si mesmos arte-níquel expressão do nada
Corresponderam por exemplo
à visão de mundo da aristocracia
ou da burguesia ascendente
ou da aristocracia que se queria parte
do mundo burguês novidominante
ou ao modo cortesão de flertar as mulheres e
angariar favores nacionalistas do rei
O que quer que seja
eram a seu tempo formas de expressão
de alguma qualquer coisa
A forma-mercadoria
            contudo
                        esvazia seu sentido
Já não expressam nada mais de relevante
Portinari como piso para revestimento de interiores
Picasso como carro Citröen
Mozart for babies
A forma-mercadoria — totalidade
que se sobrepõe à ingênua elitista enganosa
ideia aristocrática de arte

Para Keynes a arte em nosso tempo tem
a mesma função que a guerra:
destruir inutilizar paralisar forças produtivas

E se a arte já não cumpre mais
qualquer função efetiva de representação social
E se a arte é reduzida à mera função keynesiana
de imobilização de forças produtivas e entretenimento

E se ela se tornou vazia de qualquer sentido real
Melhor é ir então direto ao ponto,
melhor fazermos logo Arte do Nada
Para que perder tempo anos e anos aprendendo violino
representando Shakespeare
ofícios cansativos e complexos
Melhor é fazer logo qualquer coisa,
fazer o nada dá na mesma
o mote que o capitalismo of'rece à arte
se cumpre rigorosamente com a mesma sorte
seja pelo mais virtuoso dos malabaristas
seja pelo mais vistoso acaso artista-nada

Mas

se a arte de Beuys conceitual Arte-Nada
é a melhor representação do nosso tempo
– o Tempo do Nada do Fim da História –
também se torna cínica adesão
ao sistema e se conforma
Ícone, duplo, interpretante do mundo do nada
passa pela prova de ser ela própria
o mesmo cínico signo nada
deste cronovácuo
niilitempo

o sentido da arte: seu caráter militante
cartazes de gustavot diaz
de chrysantho figueredo
→ objetos que perseguem militância

sem isto trabalho e tédio
esclesiástico-haroldianamente névoa-nada e fome-vento:
confinados na opressão do trabalho
escravos das múltiplas formas deste nada que nos toma

À questão, pois:

I n v e r t i d o s e u s e n t i d o
t o d a v i a
a a r t e c o n c e i t u a l a a r t e - n a d a
dialeticamente seria a arte da transformação do tempo
a a r t e d o n a d a - t u d o ,
do tudo pelo nada enfim liberto do nada que o comprime
?

---

1 Um ponto sutil. O Manifesto Comunista já observa a mercantilização da arte. Fonte essencialmente de lucro, a arte perde seu "sentido", em virtude da forma-mercadoria que adquire. Mas mesmo isso representava, dialeticamente, certa ameaça ao capital. Circulando como mercadoria, a arte e a cultura, embora mercantilizadas, podem disseminar-se largamente, o que guarda em si certo princípio ou possibilidade de assumir algum caráter contestatário. O problema, como vimos, é desenvolver as forças produtivas sem distribuir riqueza. Pós-1929 surge aqui um dado novo. Lauro Campos é quem eu li que disse isso. Só ele, parece. E quase ninguém lê, também é forçoso dizer. Os investimentos privado-estatais improdutivos, que não desenvolvem as forças produtivas, embora adquiram expressão monetários, correspondem não exatamente a "mercadorias", mas a "não-mercadorias". Algo que Marx e Engels não puderam analisar, pois o capitalismo de seu tempo não apresentava o fenômeno de forma completa. Para lá, portanto, da mercantilização da arte, o capitalismo keynesiano abre a era da não-mercantilização monetarizada da arte. Entre nós, o próprio recurso comum ao financiamento dos produtos ditos culturais por meio de variadas formas de incentivo fiscal, ou seja, o fato de que esses tais produtos culturais não têm viabilidade econômica no sistema do capital, indicam que, mais do que mercadorias, assumem agora uma forma ainda mais degradada, como produto que são do gasto privado-estatal improdutivo cuja vocação monetária única é produzir inflação e, com isso, combater o impulso deflacionário deflagrado pelo desenvolvimento das forças produtivas, a lei tendencial da queda na taxa média de lucro.

PROPRIEDADE DE
A SERVIÇO DO REI
Estamos pregando
a palavra de
PROJETO ABENÇOANDO O BRASIL
ACT-6421

QUINTO MOVIMENTO: ALEGRE E SOCIALISTA

OS KRUSCHOVIANOS

Ah, os kruschovianos...

Só deixe
que eu devolva
à estante
este Gorender
e vamos
reviver os velhos temas:
poemas
de Ievgueni Ievtutchenko,
baladas
dos Beatles
tocadas
com guitarras Fender...

Desculpem...
é um velho costume...
o gosto irrefreável
pela rima,
tão comum
na nossa turma...

Quando Gaguarin
voou pelo espaço
e voltou
brandindo seu ateísmo,
rimos
em recitais repletos
de rimas e ritmos:

arbítrio:
abutre;
vodka:
Pravda;
esplêndido:
Sputnik.

Tudo tão fresco e distante...
Lembra-me sempre o começo
de Terra em Transe...
Os saguões dos hotéis
daqueles tempos
marcavam as horas
dos novos centros:
Moscou,
Berlim,
Havana,
Pequim.
Tempos
dos Festivais Mundiais da Juventude,
da Universidade Patrice Lumumba
da Amizade dos Povos...

Quando Lília me dizia:
"Vamos, move-te,
a vida
não é só Shostakovich.
Pensa
que a Tchecka
é tola?
Acha
que está na datcha
de Iossif Koba?

E eu respondia:
"Pare!
Cale-se!
Não fale
assim
do nome de Stálin!
Você quer
que essa alegria toda
nos leve
direto ao colo
do Leonid Brejnev?"

Ah, os kruschovianos...

Nosso modelo maior
pelos próximos cem anos...

MAIAKÓVSKI – O REGRESSO
VARIAÇÕES À TRADUÇÃO DE ERNANI CARRERA GUERRA

Regressai
à casa,
pensamentos,
navegai
pelas fossas abissais
dos oceanos e das almas:
apenas
os tolos
preferem
o conforto
das águas serenas.
Viajo
no pior compartimento
dos piores camarotes.
Sobre a minha cabeça,
a noite inteira,
foxtrote.
Sobre a minha cabeça,
alguém que sapateia,
a noite inteira
sacode
a paz do teto,
atrás
dos acordes
e gemidos da cantiga.
"Ai, Maria,
ai Mariquinha,
por que é que os teus olhinhos,
amorzinho,
não se voltam para mim?..."

Francamente...
Por que se voltariam para mim?
Eu
que não trago
nem sequer um franco.
E Mariquinha
— um assobio, e basta! —
por cem francos
faz a festa
de qualquer cliente.
Só se...
de repente...
a soma nem é tão fantástica...
Não,
professor-poeta,
esqueça!
Você,
desfiando os seus cabelos duros,
faça pra moça
o novelo
e a máquina de costura
com que teça
ponto a ponto
a seda fina de seus versos.
Sabem,
os proletários sobem
ao comunismo
pelo pó da terra.
Terra que tem minas,
foices,
arados.

Eu
do céu poético
me lanço
ao comunismo,
porque,
pra mim,
sem ele não existe amor.
Por isso,
quando eu mesmo me retiro
para o exílio,
Ou
quando me atiram
pela porta afora,
o aço do verbo enferruja,
o bronze da voz embaça.
Pra que pegar
chuva estrangeira,
e me ensopar,
apodrecer
e decompor?
Aqui
eu me reclino
sobre as ondas do oceano,
no ócio
dos meus componentes mecânicos.
Na verdade,
sinto que sou
uma usina soviética
de fabricar felicidade.
Recuso
ser colhido
como a flor do campo,

no repouso
após um dia de tormentos.
Quero
que a Comissão Geral de Planejamento,
avaliando meu caso,
me atribua
metas para todo o ano.
Quero
que o Comissário do Tempo
pese e considere
aquilo que eu amo.
Quero
que na cota
de um técnico especializado
sem mais-valia
o coração receba
o seu amor-salário.
Quero
que no fim do expediente
o comitê gerente
tranque meus lábios a cadeado.
Quero
que a pena
se equipare
à baioneta.
Quero
que além
da produção
de aço e ferro
também
da criação de estrofes
fale,

em seus informes ao Politiburo,
com todo orgulho
                                        o camarada Stálin,
dizendo:
"Vindo das camadas operárias
          nós atingimos as mais altas taxas.
Na União das Repúblicas Soviéticas
          a compreensão dos versos ultrapassa
todos os níveis da métrica anterior à guerra."

CARLOS E A COPA DO MUNDO
UMA DEFESA POÉTICA DO CARÁTER AMADOR DO ESPORTE

Como a cada quadriênio,
eis que em 2010
teremos
mais uma vez
uma Copa do Mundo.
E noto
— não sem certo
sobressalto —
que muitos
dos meus amigos
mais diletos
muitos
dos mais convictos
camaradas
vão também torcer
para que o Brasil
invicto traga
a sua sexta taça.
Que falácia!
Quase esquecem
Nike, AmBev,
Rede Globo e CBF.
Se permitem,
compas,
esta Copa
é um disparate.
Triste embuste
de corporações
de mídia

e trustes
de materiais e roupas
esportivas.
Mas,
como há quem diga
que também se trata
da mais legítima
cultura
popular inata,
e como o próprio camarada
Hobsbawm,
ao falar do esporte
no século 20,
reserve
à nossa seleção
a condição de arte,
peço
a licença
deste aparte
para debater
um tópico
delicado:
a dialética
do futebol
e do proletariado.
Todos
os que já assistiram
a uma partida ao menos
não duvidam:
os times e as seleções
se dividem
entre grandes e pequenos.

Esta a mais tradicional
das convenções:
os grandes
ganham os torneios,
e os pequenos
que se danem.
Uma cadeia
completa
controla
o processo.
Da ponta
da tabela
até a zona do descenso,
esta é a regra:
os pequenos,
incapazes
de bater os grandes,
fazem-se
eles próprios
algozes
de outros ainda menores.
Este esporte
— já se disse —
se resolve nos detalhes.
Também
não dispensa a sorte.
Sabem,
os azarados
sempre batem
na trave.
O goleiro Carlos,
por exemplo.
Grandes defesas,

mas título mesmo
não há nenhum
de que se lembre.
Certa vez,
em Wembley,
templo
do futebol,
Brasil e seleção inglesa,
aos quarenta
do segundo tempo:
um pênalti.
Carlos defendeu,
pena que
ninguém viu.
Cobrança do atacante
Lineacker.
Tivesse entrado,
ele se tornaria
líder
da artilharia
na história
do futebol inglês.
Carlos
foi titular do Brasil
na Copa de 86.
Só no quinto jogo
foi levar um tento,
ainda hoje
o melhor desempenho
de todos os tempos.
Nas quartas-de-final,
porém,
na partida contra a França,

nos pênaltis,
Carlos errou o lado
de todas as cobranças.
Menos de uma:
a bola
bate na trave
rebate
nas costas
do arqueiro,
e cai de leve
no fundo no gol,
pra desespero
das brasileiras
e dos brasileiros.
Tal azar assim
já era para mim
habitual.
Quando, por fim,
me interessei
por futebol,
descobri que,
fosse grande
ou fosse míni,
era preciso
escolher um time.
Decorei meu quarto
com retratos,
pôsteres,
recortes,
de todos os jogadores
decorei os recordes,

mas debalde.
Não há dúvida,
não se admite
torcida múltipla —
sempre é preciso
escolher um time.
Decidi-me, então,
pelo avesso.
Se é pra ter um lado,
melhor aquele
que com menos força oprime.
Minha torcida,
minha militância,
épica esperança
na vitória dos mais fracos.
E a Associação Atlética Ponte Preta,
não duvidem,
presta-se bem a isto.
Metáfora loquaz
do drama
social que nos persegue,
a mais antiga
equipe do Brasil
jamais ganhou um título.
Até que
em 77
quase consegue.
Forma enfim
um time
só de craques,
verdadeiro escrete:
Carlos;
Jair, Oscar,

Polozi e Odirlei;
Vanderlei,
Marco Aurélio e Dicá;
Lúcio,
Rui Rei
e Tuta —
e com o Corinthians
disputa
a final
do Campeonato Paulista.
Estava
o Corinthians
há 23 anos na fila
— e aqui
permitam, compas,
pormenores que eu omita:
Rui Rei,
Dulcídio Wanderley Boschilla,
a Ponte proibida
de jogar no Majestoso.
Sim,
posso afirmar
sem ferir a boca,
nem recorrer
a palavras polidas:
fomos roubados
da maneira
mais escrota.
Nessa matéria,
aliás,
o Brasil nem é freguês;

das cinco copas
que ganhamos,
roubamos
ao menos três.
Em 62,
diria,
foi na cara dura:
contra a Espanha,
pênalti do Nilton Santos,
gol anulado de Genco;
tento dos tchecos
na final
que lhes daria o empate;
e — maior dos cúmulos —
o sumiço da súmula
que permitiu
que Garrincha jogasse,
mesmo após
ter sido expulso
na partida contra o Chile.
E disso tudo
somente resulta
crônica estulta
de Nélson Rodrigues.
Mas qual
no fundo
a discordância?
Trata-se apenas,
afinal,
de competência.
Mais forte,
mais veloz,
mais alto,

o esporte do capital
aplica sempre
a máxima de Glauco:
em tudo ser
melhor que todos
não importa como,
nem que se tenha
de pedir apoio
ao demo.
Por favor,
não vamos
ter pudor
de declinar os nomes.
Senhoras e senhores,
espaço aberto agora
para os patrocinadores.
Houve um tempo
em que clube nenhum
nem torcida
teria em campo,
na camisa,
nada além de seu escudo
Hoje
entretanto
tem de tudo.
Os anúncios vão
nas meias,
nas costas,
na barriga,
nos ombros,
golas
e mangas das camisas,

nas chuteiras
e nas luvas dos goleiros,
em suma
nas laterais
e na frente
dos calções
e até na bunda.
E tem patrocínio
de treino e patrocinador
de jogo,
logo ao fundo
do atacante
na entrevista coletiva,
placas de publicidade
atrás das metas
e nas laterais do estádio,
no múlti-
estande de negócios
de um clube contemporâneo.
O São Paulo,
por exemplo,
pode ser assim escalado:
OI;
Habib's,
LG e Biosintética;
Visa,
Reebok,
Kaiser,
Coca-Cola e Panini;
Bombril
e Dorilax.

Já o Brasil
é: Nike;
Nestlé,
Seara,
Itaú e Traffic,
Vivo,
Volkswagen,
TAM e AmBev;
Pão de Açúcar
e Gillette.
E que este elenco
nos leve
ao cerne do assunto —
a subordinação
do futebol
ao lucro —
e já não falo,
compas,
só das marcas,
inimigo abstrato,
trato agora
é dos caras
que assinaram
os contratos.
Os cartolas,
em contraste com a geral,
vivem à pampa.
Iates,
camarotes,
Miami e ambientes Vips,
Europa,
chiques
restaurantes e butiques,

grã-fino mundo
feito só
de diversão e compras
aproveitam:
Giovani Gionedis,
Onaireves Moura,
Marcelo Portugal Gouveia;
Márcio Braga,
Beto Zini
e Ricardo Teixeira;
o presidente do Vasco,
ex-deputado Eurico Miranda;
Mário Petraglia,
Laudo Natel
e Dualib;
Vicente Matheus,
Havelange,
e Nabi Abi Chedid.
É por esta turma,
compas,
que vamos
estourar nossa garganta?
Será que já esquecemos
que com esses tipos
todo
acerto logo
se revela
um grave engodo?
Não lembram
do rodo
que levamos, por exemplo,
nas Diretas?
Naquela época,

ao lado das greves,
da anistia
e das camisas amarelas,
falava-se também
de certa democracia
corinthiana,
e a seleção
treinada por Telê Santana
prometia resgatar
o ofício do futebol com arte.
Na mídia,
Sócrates
talvez tenha sido
o símbolo maior
desse período,
e Osmar Santos,
o pai da matéria,
locutor
dos comícios
pelo fim da ditadura.
Meu ídolo, contudo,
de história mais oculta
e expressiva
é o centroavante Reinaldo,
o maior dos artilhciros,
companhciro barrado
na seleçao
pelo seu punho erguido
socialista.
Ah, compas,
se não fossem,
como sempre,
os contras...

No auditório do Congresso,
Ulysses Guimarães convoca
paralisação cívica
como nos dias de jogo
do Brasil na Copa,
mas traía
entrementе
a palavra das ruas,
e frente à retranca
da equipe da Itália
— treinada
(parece trote)
pelo Enzo Bearzoti —,
era, na Copa da Espanha,
a emenda
Dante de Oliveira derrotada.
Quando,
em 25/04/84,
vi a Praça da Sé
quase vazia,
sem a greve geral
que havia sido prometida,
dias antes,
em Brasília,
senti-me
como um ocupante
que se visse impotente
numa ação
de reintegração
de posse,
como um torcedor
de televisão
no terceiro gol do Paolo Rossi.

Eu que já assistira
à Ponte Preta
ser roubada em 77,
sem que a torcida
nada fizesse,
diante
desta nova traição
de novo via
sem revide,
o povo inerte.
Para mim,
enigma,
incompreensão adolescente-juvenil,
paradigma,
no esporte e na política,
das múltiplas derrotas do Brasil.
Comparada
às fidedignas promessas,
lavradas
em praça pública,
na Campanha das Diretas,
a democracia que brota
da escolha
de Tancredo Neves
é uma farsa
tão gritante
quanto o esporte mercantil
que desde então
se fortalece.
Perdoem,
compas,
um discurso tão prolixo.

Há tanto tempo
penso neste tema,
que ele agora
se apresenta
para mim
como um comício.
Mas,
prometo,
uma última imagem, apenas,
e me calo;
falta
só mais uma cena
do goleiro Carlos.
Um ano antes
de 77,
nos Jogos que tiveram
dez de Nadia Comaneci,
numa competição
que já vai tão longe,
na disputa
pela medalha de bronze
contra a seleção
da União Soviética,
Carlos
pega
mais uma penalidade máxima.
Eu sei
que o tempo
não se congela,
e as reminiscências
não passam
de nostalgia piegas.

Mas sei também
que o futuro
é uma caixinha de surpresas,
e o mundo vive ainda
preso em um torneio-início.
Pois treino é treino,
jogo é jogo,
nós escolhemos a tática
de todo poder ao povo.
Bola pro mato,
que de fato é campeonato,
pau na canela
de todos os cartolas.
Chega de atuar na retranca,
fora toda forma de firula.
Se o juiz não tem apito,
a torcida em coro anula,
o gol da burguesia
resultou de mala preta.
Um dia
o Corinthians
vai se ver com a Ponte Preta.
Perto dos atletas-artistas
do futuro comunista,
os superesportistas de agora
não são mais
do que máquinas farmacêuticas,
ávidas e dependentes
de dopings e anabolizantes,
no infame
shopping center
de um sistema decadente.

Na verdade,
ao lado
dos astros e celebridades,
o trabalhador-atleta típico,
quase sempre afrodescendente,
tem contratos precarizados,
nem recebe
mais
que um ínfimo salário
mínimo.
Nos países socialistas
o esporte
nunca foi profissional,
façamos
Ligas Operárias de Futebol,
sem cartolas,
sem patrocinadores,
auto-gestão
da torcida
e dos jogadores.
Arte, esporte, estudo
não devem ser trabalho,
pertencem
ao repertório
de todos os proletários.

KOTTER
EDITORIAL

Impresso em papel pólen 80g/m², tipografia Nyte, no verão de 2019.